A Guillem, por estar ahí
y compartir conmigo esta
extraordinaria aventura
R. Bonilla

A Meritxell, mi Megapower
O. Malet

© Texto: Rocio Bonilla Raya, 2016
© Ilustraciones: Rocio Bonilla Raya y Oriol Malet Muria, 2016
© Algar Editorial, SL
   Apartado de correos, 225 - 46600 Alzira
   www.algareditorial.com
Impresión: Liberdúplex

1ª edición: octubre, 2016
ISBN: 978-84-9142-023-1
DL: V-2262-2016

MAX
y los superhéroes

Rocio Bonilla
Oriol Malet

algar
editorial

A Max, como a casi todos los niños de su edad,
le fascinaban los superhéroes.

Desde muy pequeño, esperaba la llegada del carnaval para disfrazarse. Aunque, bien pensado, no necesitaba ninguna excusa para hacerlo...

Le maravillaban las historias que le contaba el abuelito Pepe.
Aventuras de superhéroes en blanco y negro que rescataban
gatitos en peligro. ¡Qué valientes eran!

Los amigos de Max compartían con él su entusiasmo por los superhéroes.

A Leo le encantaba Silver Snake, el protagonista del videojuego de su consola; Martín soñaba en secreto con ser Black Machine algún día, y Emma suspiraba por Red Force, porque decía que era tan guapo…

¡Max no podía esperar ni un minuto más para leer la última novedad que llegaba al quiosco!

Todos aquellos superhéroes le parecían magníficos, pero, sin duda, tenía un favorito.

¡MEGA POW

Aunque Martín decía que una chica no podía ser tan fuerte, a Max le importaba cuatro pitos lo que pensara. Él estaba convencido de que Megapower era diferente a todos los demás superhéroes.

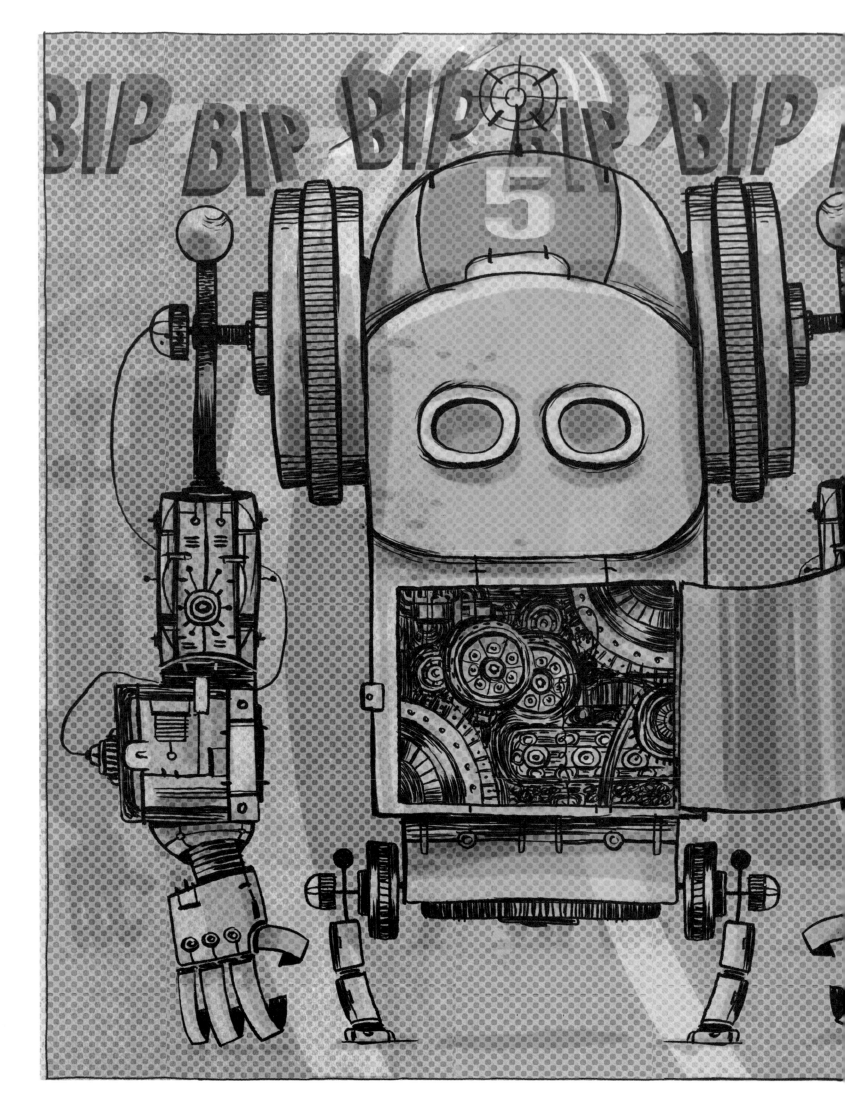

PARA EMPEZAR, MEGAPOWER ERA INCREÍBLEMENTE VALIENTE, PODÍA PROGRAMAR COMPUTADORAS, DESACTIVAR BOMBAS Y MANEJAR UN MILLÓN DE ROBOTS A LA VEZ.

MEGAPOWER NO SOLO RESCATABA GATITOS COMO LOS SUPERHÉROES DEL ABUELITO PEPE, SINO QUE ADEMÁS PODÍA DOMINAR A CUALQUIER ANIMAL, POR MUY GRANDE O FEROZ QUE FUERA.

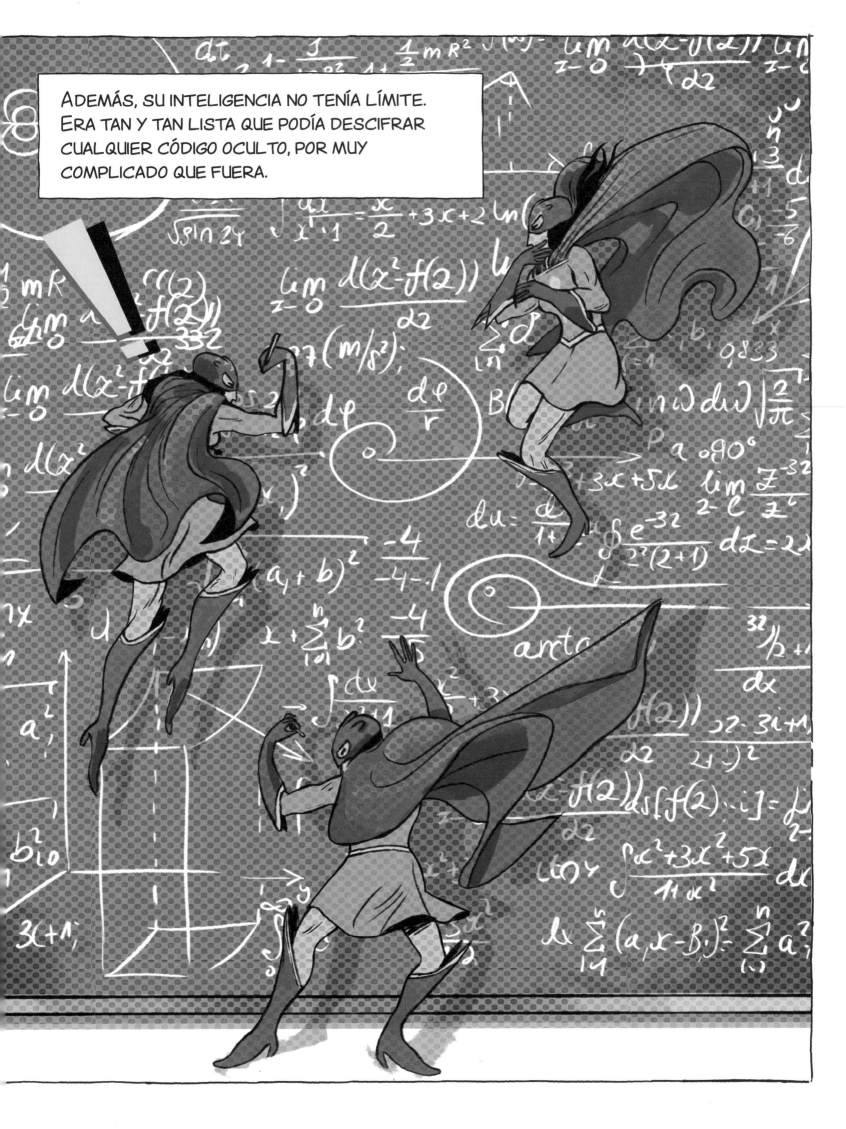

ADEMÁS, SU INTELIGENCIA NO TENÍA LÍMITE.
ERA TAN Y TAN LISTA QUE PODÍA DESCIFRAR
CUALQUIER CÓDIGO OCULTO, POR MUY
COMPLICADO QUE FUERA.

¡Y TENÍA UNA FUERZA DESCOMUNAL! NO LE IMPORTABA EL PELIGRO CUANDO SE TRATABA DE SOCORRER A ALGUIEN...

POR SUPUESTO, MEGAPOWER VOLABA Y PODÍA LLEGAR A LOS PARAJES MÁS RECÓNDITOS DEL PLANETA. Y LO MEJOR DE TODO ERA QUE, MUCHAS VECES, SE LLEVABA A MAX CON ELLA PARA ENSEÑARLE TODOS ESOS LUGARES.

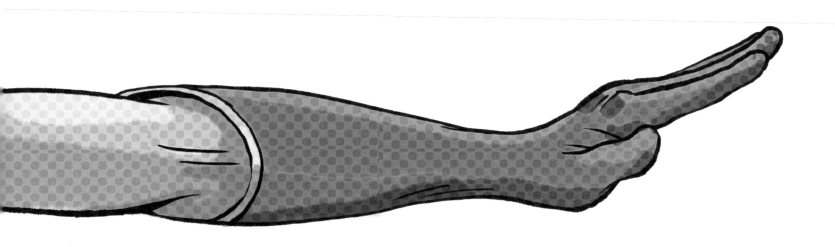

¿Que cómo podía ser?
¡Porque Max conocía a Megapower!

Aunque, bien pensado,

lo mejor de Megapower…

...no era que pudiera desactivar bombas y manejar un millón de robots a la vez...

Ni que tuviera rayos X y pudiera verlo todo.
(Bueno, en realidad, lo de la ultravisión tampoco era tan
chulo.)

Ni que pudiera descifrar
cualquier código oculto, por muy
complicado que fuera…

Tampoco que pudiera rescatar gatitos o dominar a los animales.

Ni que socorriera a la gente o se llevara a Max
volando a mil sitios.

Lo mejor de Megapower era,
sin duda...

…cuando se ponía su traje de mamá
y le daba el beso de buenas noches.